Verlag
Michaela
Naumann

Das Hessische Schimpfwörterbuch

Lauter *beese* Wörter

von Ingrid Lewis
und Bernhard Naumann

Verlag Michaela Naumann

Gesamtherstellung: Buchdruckerei Loibl, Neuburg/Do.

Die Zeichnungen für dieses Buch stammen von
Lars Contzen, Nidderau

CIP-Titelaufnahme der Deutschen Bibliothek:
Lewis, Ingrid :
Das Hessische Schimpfwörterbuch /
von Ingrid Lewis und Bernhard Naumann
Nidderau: Naumann, 1990
ISBN 3-924490-15-5

Motzkopp — Krischer

Vorwort

1. Ob sie ihre Freud(e) dran haben, die Jünger des Nestors der Psychoanalyse Sigmund Freud? Denn ihre Zunft hat Hochkonjunktur; die Zahl der an der Seele Erkrankter steigt stark. Ohne die Probleme verniedlichen zu wollen, aber bei manchem Zeitgenossen wäre ein einfaches Dampfablassen, sich den Ärger/Frust über Streß/Beruf/Familie/Gesellschaft und überhaupt vom Leibe reden, auch schreien oder schimpfen rasch wirksame Therapie — und preiswert. Aber nein, lieber alles in sich reinfressen und bei Herrn/Frau Dr. psych. auf die Couch . . . Nur nicht auffallen, Schwächen zeigen, Blößen dem Nachbarn/Kollegen zu erkennen geben. Dann erkennt der mich womöglich. Wo wohne mer dann . . .?

Wer trotzdem *kaa Holz uff sich hacke* läßt, mal verbal befreiend *uff de Putz haut*, kurzum: wer flucht — der wird ratzeputz zurechtgestutzt. Wie der Stadtdirektor von O., der seine Behörde im Anflug innerer Befreiung »Saustall« nannte. Auch noch öffentlich! Postwendend wurde der Mann mit den Stimmen aller(!) Fraktionen (wo gibt's das noch . . .?) außer Amts gejagt — freilich mit allen Bezügen und Pensionsansprüchen. »Du Bulle!«, verbal in Richtung einer Amtsperson geschleudert, ist heute einige Hunderte Bußgeld »wert«. Auch »Sie Armleuchter!« ist justitiabel, gilt als Beleidigung mit Bußgeld-Folgen. — Ach ja: selige Zeiten, da Dumme-Jungs-Streiche als solche von der Gesellschaft bewertet und flapsige, frech-kesse Bemerkungen von Nachbarn/Kollegen lässig toleriert wurden. »Biste ärgerlich, zähl bis 4, sehr ärgerlich, dann fluche«, forderte Mark Twain. Diese Art, die strapazierte Seele baumeln zu lassen, ist heuer sehr teuer, werter Herr Twain.

2. »Die Freiheit des Geistes und der Person drückt sich in der Sprache aus«, schrieb dereinst ein kluger Geheimrat. Wie wenig frei müssen wir sein, da wir uns doch ständig

am Kulturgut »Sprache« versündigen, sie ihrer Phantasie und Kreativität sträflich berauben! »Die emotionalen Aspekte unseres Seelenlebens sind im Aufbau der Sprache nur dürftig ausgedrückt«, umschrieb ein Fachmann vorsichtig die Lage. Recht hat er! Sogenannte Sprach-Designer sind am Werk, sülzen und schwallen uns im engen Verbund mit den Polit-Mackern mit Sprechblasen zu wie: »ich würde meinen wollen«, »wir gehen davon aus«, »es besteht dringender Handlungsbedarf« und »die Durchführung des Programms läßt . . .« Schlimm, schrecklich!

Hat unsere Sprache diese Erniedrigung/Kastration verdient? Nie und nimmer! Die Fülle eigenständiger Worte, Ausdrucksformen und Begriffe wird wieder einmal — wie früher, als die angeblich vornehme Verwaltungssprache den Dialekt verdrängte — durch Amtsdeutsch abgelöst. »Eine Sprache ist verdorben, wenn sie nicht mit Wörtern arbeitet, die nahe dem Leben sind.« Richtig. Und: »In sprachlicher Provinz ist man näher am Leben und Menschen.« Auch richtig. Denn, wie heißt's in einem populären Frankfurter Gassensong? *»Voller Witz und voller Schneid, so babbele bei uns die Leut. Vor so ner scheene Ausdrucksweis hat jedermann Respekt . . .«*

3. Warum ich guten Mutes bin, daß sich die arg gebeutelte Sprache erholen, ihre Vielfalt neu entfalten und sich manch seelisch Angeknackster durch schlichtes Dampfablassen selbst kurieren kann? Ohne Freuds Nachfolger und Tranquilizer? Zunächst: eine Dialekt-Renaissance ist in vollem Gang und wird mit zum Abbau gesellschaftlicher Spannungen beitragen. Mundartliches Kulturgut ist wieder hoffähig. Dialekt-Kurse in Volkshochschulen sind der Renner, Mundart-Festivals bis zum Gesang sind »in«, Heimat-Spiele, Volkstheater und Volksfeste blühen und boomen, und selbst die vornehm-feine Werbebranche produziert TV-Spots in volkstümlichem Sound. Und diese Profis wissen doch wahrlich, was »ankommt«. Motto: mit der unverbrauchten, natürlichen Nah-Sprache

gegen den sogenannten Anonymismus und die Entfremdungstendenzen. (Mancher, der dies heute flockig-locker formuliert, hat gestern noch bei Mundart höhnisch die Augenbrauen gehoben.)
Sodann und zu guter Letzt: deftige Frozzeleien sind wichtig fürs Betriebsklima — haben Wirtschaftspsychologen herausgefunden. Deftige Sprüch und Witze seien wichtige Ventile, um angestauten Frust am Arbeitsplatz abzulassen! Hört, hört! Wer also *e bees Maul riskiert*, kriegt nicht mehr die Polizei *uff de Hals*, sondern hat sich ums Betriebsklima verdient gemacht. (Vielleicht wird nun auch der geschaßte Stadtdirektor von O. von seinem »Saustall« wieder heiß herbeigefleht.) Kurzum: *Ihr Schlecht-Schwätzer, Dumm-Babbler, Schlapp-Mäuler* — Euer Leben in sprachlicher Diaspora ist zu Ende. Es lebe die deftige, handfeste, ehrliche, volksnahe Heimat-Sprache, zu deren Renaissance dieses Büchlein eine willkommene Bereicherung sein wird.

Schließen wir mit Goethe: »Jede Provinz liebt ihren Dialekt, denn er ist doch eigentlich das Element, in welchem die Seele ihren Atem schöpft.« Dann schöpfen Sie mal schön. Auch dieses Schimpfwörter-Lexikon ist sprudelnder Quell der volksnahen (hessischen) Seele.

Ihne Ihrn Frank Lehmann

Zum Geleit

Nachdem feststand, *Das Hessische Schimpfwörterbuch* erscheinen zu lassen, wurden wir mit Schimpfwörtern aus dem ganzen Land überhäuft. Jeder der uns sah beschimpfte uns auf das Herzlichste, so daß unsere Sammlung schnell wuchs. Natürlich wurde auch auf bestehende Veröffentlichungen zurückgegriffen um eine möglichst umfangreiche Schimpfologie zu erstellen. Das Ergebnis kann sich hören lassen. Hessen können nun aus einem hunderte von Worten umfassenden Fundus schöpfen und auf *Deiwel komm raus* lospoltern.

Unser Ziel war es eine lustige und humorvolle Darstellungs- und Erklärungsform zu finden und nicht eine wissenschaftlich vollständige Arbeit zu erstellen.

Noch ein Wort zur Schreibweise. Wir haben bewußt darauf verzichtet eine Angleichung oder Vereinheitlichung der verschiedenen Dialekte vorzunehmen und die Worte so übernommen wie sie uns zugänglich gemacht wurden. Auf diese Weise wird das Lesen und Suchen selbst zu einem Ereignis, da viele Regionen mit der ihnen eigenen Schreibweise berücksichtigt wurden. Auch die in Hessen gebräuchlichsten hochdeutschen Schimpfwörter, haben wir in dieses Werk aufgenommen.

Danken möchten wir allen die uns mit Schimpf und Schande unterstützt haben und dazu auffordern für die nachfolgenden Auflagen des Buches dies ruhig weiter zu tun und noch fehlende Worte samt Erklärung an den Verlag zu senden.

Und nun schimpfen Sie los!

Bleeder Aff

A

Aagewwer, Wichtigtuer, *Der gibt aa wie e Dutt voll Micke.*

Aas, auch *Oos*, gibt es in vielen Variationen, *des Aas* für den durchtriebenen Lebensgefährten, *dummes Aas, Dreckaas.*

Abeemick, Scheißhausfliege und genauso lästig wie selbiges Flügeltier.

Ablescher, abfällige Bezeichnung für den lieben Nachwuchs.

Abstauwer, erntet stets was andere gesät haben.

Äbschder, nicht gerade ein besonders gut aussehender Passant, kurz eine eher häßliche Figur.

Aff, dummer, bleeder Tierschimpfwörter sind beliebt, mit zunehmender Ehedauer werden die Tierchen immer größer (vom kleinen Mäuschen bis hin zum Riesenkamel).

Affeheiner, alberner Mensch.

Allmei, Habgier zeichnet ihn aus, er muß alles haben (alles mein).

Angsthaas, ist ein Feigling.

Angstschisser, in seiner Hose findet man das Ergebnis seiner Angst.

Arsch, nicht nur im Hessenland das bekannteste der bösen Wörter, sehr variabel anwendbar und mit diversen Zusätzen sehr steigerungsfähig.

Arschgeige, nichtssagende Person, die nicht unbedingt sehr musikalisch sein muß.

Arschkriescher, unterwürfig Buckelnder, ohne Rückgrat! Kurz jemand der sein edelstes Körperteil nach dem Wind dreht.

Arschkrott, wenig liebevoll für ein kleines, wildes Mädchen.

Arschloch, ebendieses, fehlt in keinem Schimpfwörterbuch der Welt. *Arsch mit Ohrn*, bei näherer Vorstellung ein eher drolliger Anblick.

Auchust, dummer der Clown aus dem Zirkus, stets ungeschickt und jeder muß über ihn lachen, aber nie bösartig.

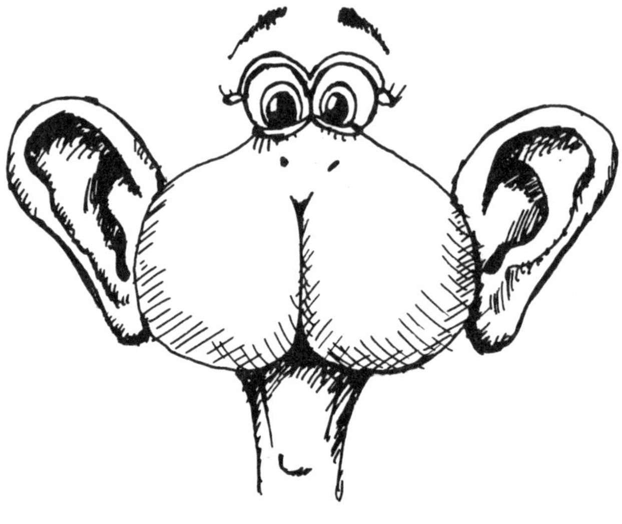

Arsch mit Ohrn

B

Babbegaj, er hat keine eigene Meinung und quasselt alles nach. Wie das Federvieh ist er auch ein richtiger Schöntuer.

Babbeler, von dem frz. babiller für schwätzen, jemand der viel redet ohne etwas zu sagen. Die bekannteste Spezies ist der Politiker. Erweiterungen: *Babbel -arsch, -dasch, -fritz, -lies, -maul, -schnut. Alle babbele se des mer devo laafe kennt.*

Babbsack, ein Schmutzfink der vor Dreck *babbt.*

Babusch, Schlampe.

Bachsimbel, Steigerung vom Simpel für eine extrem einfältige Natur.

Bachstelz, von sich sehr eingenommene, herumstolzierende Persönlichkeit.

Bagasch, frz. für Gepäck, eingedeutscht heute negativ für die liebe Verwandtschaft. *Ei is die ganz Bagasch dann immer noch net fort,* oder auch für Gesindel.

Bajass, Clown.

Balch, freches, unartiges Kind. *Dreckbelch* sind schon mehrere und *Ihr Saubelch!* steht für die Fußball begeisterte Jugend, welche wieder die Scheibe des Nachbarn zerbröselt hat.

Ballschimmelern, veraltete Bezeichnung für ein Mauerblümchen (pardon auch veraltet), auf einem Ball wurde sie nie zum Tanzen aufgefordert und verschimmelte in einer Ecke des Saales. Tragisch, aber meist verständlich.

Balkewatz, Mann mit einem sehr dicken Kopf, Schwellkopf.

Balkewatz

Bambelarsch, an ihm oder ihr hängt er nur unförmig und *bambelt* bei jedem Schritt in der Gegend herum. Auch *Schwabbelarsch*.

Bambelschnut, Großmaul.

Bankert, frecher Junge! Uneheliches Kind.

Barchentreisser, lauter Schnarcher mit so starker Geräuschentfaltung, daß sogar das Betttuch (früher Barchent) reißt.

Batschgumbel, Hanswurst, veraltet aber hübsch.

Batzenarr, Geizhals, *En Heller un en Batze, die waren beide mei* (sehr freie Dialektübertragung).

Bauerntrambel, der fröhliche Landmann, welcher in der Großstadt desorientiert *herumdappt*.

Bazille, linke sie will einen linken, sprich bescheißen.

Behle, Bihle, abschätzige Bezeichnung für eine Frau, aus dem jüd. *Isch will der was verzähle von de alde Behle. Wann se koi Kadoffel hat, kann se aach koi scheele*.

Beißzang, sturer Bock.

Bembel, *Erst in de Bembel, dann ins Gerippte, dann in de Herbert* (fast schon legendär vom Badesaltztheater). Erstaunlicherweise wird dieser »Hessische Nationalbegriff« auch als Schimpfwort für einen einfältigen, zu nachgiebigen Menschen gebraucht, *Bembelsänger* sind sangesfreudige Zecher.

Bengel, Lümmel.

Berrn, abfällig für den oberen Halsfortsatz, *Hasde dann gar nix in deiner bleede Berrn?*

Berschter, will so schnell wie möglich ins Heijabettchen und ein Mädchen *berschten*, also geschlechtlich anmachen.

Berzche, eigensinniger Wetterauer (Region um Friedberg).

Beschisser, Betrüger.

Beschummler, beschummelt wird beim Kartenspiel. Nicht nur in Kneipen anzutreffen.

Besem, oller gewöhnliche, ordinäre Frau die sich herumtreibt. Ihre Frisur ähnelt dem modischen Schnitt eines Besens.

Besemschtiel, die Merkmale wie vor, jedoch noch zusätzlich dünn und hager.

Besserwisser, der Kerl hat immer das letzte Wort.

Betschwester, Frömmlerin.

Bibbel, älterer Ausdruck für das männliche Geschlechtsteil, auch *Bibbesje* genannt, wenn er nicht allzu groß geraten ist.

Bibberhannes, ängstlicher Zeitgenosse oder einfach ein Frierhals.

Biest, gab's in Hessen schon lange vor dem Denver Clan, zum Beispiel Frau F. aus N.

Bimbatsch, steifer, unbeholfener Mann.

Bimbelgischtern, unscheinbares Mädchen.

Bischberer, Geheimniskrämer, der seine Informationen nur mit leiser Stimme, hinter vorgehaltener Hand preisgibt.

Blaßarsch, kann durch FKK geändert werden.

Blechbuckel, früherer Spottname für die Zunft der Spengler.

Blechkopp, ein Dummkopf der nur Blech schwätzt.

Berrn

Bleedel, Blödel, schlicht ein Depp, auch *Bleedhammel, Bleedkopp, Bleedian, Bleedmann.*

Blindschleich, Mädchen, welches zu stolz ist eine Brille zu tragen.

Blitzkeiloos, äußerst durchtriebene, bösartige Person.

Bloošarsch, unverhüllt zeigt er sein hinteres Körperteil. Dies geschieht nicht unbedingt zum Zeichen der Ehrerbietung.

Bock, geiler steigt den Frauen zwecks Begattung nach.

Bochespeuzer, Aufschneider, Großtuer.

Bohnesimpel, lang aufgeschossener Kerl, dessen Verstand im Verhältnis zu seiner Länge abnimmt.

Bohnestang, weibliches Pendant, schmales Mädchen.

Bollerackel, aufbrausend und tolpatschiger Typ, auch *Bollerkopp, Brebeler,* für Nörgler.

Brechmiddel, diese Person wirkt nur durch ihren Anblick direkt auf die Magennerven. Kann im Krankenhaus universell eingesetzt werden.

Breekeler, Breekeldippe, mäkelt an allem rum, motzt über jeden.

Breimaul, ständig sabbernder, unklares Geschwätz erzählender Nachbar.

Brickegickel, scheppbaaniger ihn erkennt man am Gang.

Brilleaff, Brillehannes, Brilleschlang, abfällig für die Träger eines Nasenfahrrades.

Brüllaff, aufbrausender Schreihals.

Brummeldippe, Brummbär.

Brunzer, in die Gegend Urinierender.

Geiler Bock

Brutsch, Schiefmaul. *Zieh doch net so e Brutsch* für sei nicht böse, *Halt doch dei Lästerbrutsch* sagt man zu einem Lästermaul.

Buckel, in Verbindung mit *Krummbuckel* oder *Speckbuckel* angewandt, deutet er auf ein körperliches Merkmal hin.

Bürohengst, Angestellter der seine Arbeitskraft dem »Kulistemmen« verschrieben hat.

Büscherworm, Sie, geneigter Leser dieses Werkes.

Bulle, fast nicht mehr nur negativ für den Freund und Helfer.

Bumbesje, in die Freiheit strebender Leibeswind.

Bumskopp, Comicfigur.

Bunnebart, politischer *Beelzebub*, in Anlehnung an Napoleon Bonaparte.

Buweroll, Mädchen mit starker Anziehungskraft auf das männliche Geschlecht, *Buwerollzern* alter Frankfurter Ausdruck für Mädchen die lieber mit Jungen spielen.

Butzdeiwel, eine ausgesprochene Reinigkeitsfanatikerin, Parkettkosmetikerin.

Butzemann, der bi ba Poltergeist oder Kinderschreck der wahrscheinlich heute kein Kind mehr ängstigt.

Butzwollkopp, ungepflegter Haarprachtträger.

Bürohengst

C

Chauvi, *Chauvi sei is fei* (Anm. des Autors), *Bleedmann* (Anm. der Autorin).

Christkindsche, Bezeichnung für blauäugige Naivlinge, wobei hier nicht die Augenfarbe gemeint ist.

Cujon, aus dem frz., Verbrecher, Schurke, Spitzbube, cujonieren steht für schinden (bei Soldaten), auch abplagen, sticheln, verspotten.

Deeskopp

D

Daachdieb, Tagedieb der dem lieben Gott die Zeit stiehlt; *en echte Nixnutz.*

Dabbdewidd, tritt in Fettnäpfchen daß es spritzt oder fällt mit der ganzen Tür ins Haus.

Dabbes, Tolpatsch der alles umrennt, umwirft oder sich einfach nur blöd anstellt.

Dachteler, jemand der viel und gerne *dachtelt*, also Ohrfeigen verteilt.

Dämel, äußerst einfältiger, dämlicher Kerl, auch *Dämlack.*

Dallesbruder, nicht J.R. sondern jemand der Konkurs anmeldet.

Datsch, *Was'n des fern Datsch*, abschätzig für schlechtes, unappetitlich aussehendes Essen.

Deeskopp, ist begriffsstutzig und leicht am Brett vorm Kopf zu erkennen.

Deetz, *uff de Deetz haache*, bei manchen wie Topfschlagen, wenn der Kopf auch so hohl klingt; *meecht mer awwer net* (Anm. d. Autoren); aus dem frz.

Deichaff, als der erste Hesse ans Meer kam erschrak es so sehr, daß es zurückwich und nun kommt es immer wieder und schaut ob noch einer da ist.

Deiwel, der Leibhaftige höchstselbst, findet meist in Flüchen Verwendung *Pfui Deiwel, Deiwelsoos, Deiwelskopp.*

Depp, schlicht und ergreifend ein ausgemachter Blödmann.

Derapp, oder *Derappel*, sehr dünne Person.

Derrflaaschreisender, der sieht aus wie dem Tod sein *Derrflaaschreisende*. Der hagere und magere Gehilfe des Sensenmannes (Derrflaasch = Dörrfleisch).

Dibbe, daab unattraktives Weibsbild, auch *narrisch Dibbe*.

Dibbegucker, neugierige Person, die anderen gerne in die Töpfe schaut.

Dickkopp, seine Sturheit erkennt man meist schon an seinem Kopfumfang.

Dilldabb, plumper Sack, Tolpatsch.

Dollbohrer, verrücktes Huhn, hat nur Unfug im Kopf.

Dolldapp, breitfüßiger Tölpel.

Dolldi, kleines Dummerchen.

Dollpatsch, wenn er auftaucht ist Vorsicht geboten, sonst geht viel zu Bruch.

Doofi, *Klein-Doofi mit Plüschohrn*, wird eher liebevoll bei kleineren Verfehlungen gebraucht. Ein goldiges Kerlchen, welches aber meist ziemlich ahnungslos um sich blickt (*Hä?*).

Dorfdepp, Dorftrottel, ihn gibt es überall, die meisten glauben ihn zu kennen, dabei sind sie es manchmal auch selbst.

Dorfzeidung, Traatschweib, die alles im Ort weiß und unter dem Siegel der Verschwiegenheit bereitwillig jedem weitererzählt.

Dormel, Simpel.

Dorzelgret, herumtorkelndes Mädchen, meist zurückzuführen auf zu starken Genuß des Suchtmittels Nummer 1; dem Alkohol.

Klein-Doofi mit Plüschohrn

Draache, aaler meist Bezeichnung für den gesetzlich angetrauten Alptraum oder falls nur weiblich für die Schwiegermutter.

Drallaff, zu dick geratene Person.

Draumdänzer, lebt in seiner eigenen Welt, realitätsfremder Luftschloßbesitzer.

Dreck, bitte, verehrter Leser suchen Sie sich ihre Variation aus: *Dreckbacke, Dreckbehle, Dreckhammel, Drecklips, Dreckpeter, Dreckschnawwel, Dreckspatz* sind allesamt Schmutzfinken; dem *Dreckbauer* gehört ein heruntergewirtschaftetes Gut; *Drecksack* und *Dreckskerl* gehören zu der Gattung der unsympathischen Zeitgenossen; *Dreckwiwwel* ist ein im Schmutz spielendes Kind, und die *Dreckschleuder* zieht über wirklich jeden her.

Dribbscher, spielt bei Streitereien gerne den Schiedsrichter, aber nur weil er selbst sehr ungeduldig ist. Schiebt dies dann gerne auf andere: *Ruh jetzt, weche de Leut!*

Drickeberjer, sieht zu, das er von der zu verteilenden Arbeit möglichst wenig abbekommt; fälschlich verwendet für Zivildienstleistende.

Druddeler, kleckert beim Essen, *Gude Abbeditt, nix verdruddelt, nix verschitt.*

Druffgänger, schont sich und andere nicht, will eine Frau mit seiner plumpen Art überrumpeln.

Druschel, Droschel, alte Bezeichnung für eine Gunstgewerblerin, auch für schmutzige, träge und zumeist auch dicke Person.

Duckmeuser, läßt ohne Widerworte Demütigungen über sich ergehen, diese Spezies findet man viel im Verhältnis Chef zu Untergebenen.

Duddebabber, in die Geheimnisse des Strafvollzuges eingeweihter Tütenkleber.

Dünnbrettbohrer, mit allem was aus stärkerem Holz geschnitzt ist, hat er seine Schwierigkeiten.

Dummbabbler, gibt permanent nur dummes Zeug und Unwahrheiten von sich.

Dummbeudel, der Inhalt seines Gehirns entspricht dem eines leeren Beutels.

Dummkopp, steht für einen ziemlich begriffsstutzigen Kopf, stark ähnelnd seinem nächsten Verwandten: dem Hohlkopf.

Dunsel, aus dem frz. doncelle für ein dralles, gut gebautes weibliches Wesen.

Durmel, einfältige Schlafmütze.

Dussel, findet Verwendung bei kleineren ungeschickten Vorgängen wie Limo umschütten *Du Dusseldier*, heißer Kaffee über die Hose gießen erzeugt im allgemeinen stärkere Schimpfwörter, aber *Dusssel* gehabt für Glück gehabt.

E

Ebbelklauer, *uff de Mauer, uff de Lauer, sitzt en klaane Ebbelklauer.*

Ebbelwoibruder, unserm *Stöffche* sehr zugetan (kann man verstehen).

Ebbelwoischnut, wie vor nur weiblich.

Edepedede, glaubt etwas besseres zu sein als sie ist, eingebildete, unnatürlich wirkende Person.

Eelgetz, Ölgötze, bewegungsfauler, steifer, meist im Weg stehender Kerl.

Eierdieb, kleiner Gauner.

Eierkopp, seine Kopfform erinnert an ein Güteklasse 1 Produkt eines Huhns, bei Jüngeren beliebter Zuruf auf dem Sportplatz: Schiedsrichter, *du Eierkopp.*

Eifaltspinsel, einfältiger Geselle. Er glaubt einfach alles, selbst daß seine Frau eine Geschäftsreise übers Wochenende nach Ibiza mit ihrem Chef machen muß.

Ekel, ein gar garstiger, unangehmer Mensch.

Ent, bleiern Nichtschwimmer.

Ent, lahm Extremlangsamgehenderbewegungshasser.

Erbs, mit Zusätzen *dumm* oder *klaa,* ergeben sich schöne Möglichkeiten.

Erzbengel, Verballhornung vom Erzengel. Veraltet und wird kaum noch gebraucht.

Esel, dummer Titulierung des Vaters für den hoffnungsvollen Sprößling, welcher wieder eine 5 in Mathe vorweist.

Eul, *Nachteul, Volleul, Eulekopp, aal Eul* je nach Bedarf verwendbar.

Eumel, blöder Mensch.

Ewweletsch, ohne Taktgefühl, auch nicht sonderlich intelligent.

F

Faez, Tor, dummer Mensch.

Faulbelz, schaut sich lieber die Sportschau zu Hause an, statt ins Stadion zu gehen.

Fatzke, oder *Fatz*, Schönling (zumindest hält er sich dafür), meist ein eingebildeter Vornehmtuer.

Feecher, *mer feecht erum*, wenn man es eilig hat, *en flotte Feecher* ist ein hübsches Mädchen, welches sich herumtreibt.

Fennichfuchser, Schüler von Dagobert Duck.

Ferkel, *e Wutzje, je dreckiger desdo verbabbter.*

Fettsack, ein Wohlbeleibter, der hessischen Küche sehr Zugetaner, Steigerung: *Fettwanst.*

Fiesling, ihn mag keiner, unfairer Miesepeter.

Fissemadendemacher, Umstandskrämer, bevor er etwas tut bedarf es großer Überredungskunst.

Flabbes, Flabsch, unzuverlässige, flatterhafte Erscheinung.

Flasch, *die Flasch traut sich net*, jemand der bei der Mutprobe kneift.

Fleehaub, ein mit Flöhen Behafteter.

Fleez, grober Lackel, Flegel.

Flehhutch, Taugenichts.

Flehsack, unsaubere Person.

Flennern, aal Heulsuse.

Fleschel, ihm fehlts an allem.

Fettsack

Flitsche, ist für jeden (Mann) zugänglich, worauf die Schwiegermutter in spe reagiert: *Des Flitsche kimmt mer net ins Haus!*

Forz, Furz, Ferz, gasförmiger, durch die Öffnung am verlängerten Rückgrat entfliehender Leibeswind. Die *Forzkiste* ist ein bequemes Bett, in der sich die *Furzbärbel* hörbar wohl fühlt. Wem nichts gelingt, der macht nur *Ferz mit Kricke.*

Fregatt, aufgemotztes Frauchen die ihre Haare zu einer Rokkokofrisur nach oben aufgetakelt hat.

Freibiergesicht, taucht aus dem Nichts auf wenn es etwas umsonst gibt.

Freßsack, besticht durch seine nicht zu bremsende immense Freßwut.

Frierkatz, ihr ist immer kalt, am liebsten sucht sie einen Platz zum Ankuscheln.

Frischtsche, *des is mer vielleicht e scheenes Frischtsche*, Bezeichnung für einen Nachwuchs, bei dem man frühzeitig den Werdegang erkennt.

Frotzeler, nimmt jeden gern auf den Arm und sich nicht davon aus.

Fuffzischer, falscher Betrüger.

Fuggeler, feilscht bis zum letzten Hemd.

Fulder, grober Trampel, Steigerung: *Doppelfulder*; der Wortursprung liegt in Fulda, dessen Bewohner früher so benannt wurden.

Fummler, beschäftigt sich gern zu nah mit diversen, meist schön gerundeten Teilen, der weiblichen Anatomie.

Furie, wild gewordenes Weibsbild.

G

Gaas, neugierisch neugierige Ziege die ihre Nase in jeden Misthaufen steckt. Die *derrapplisch Gaas* hat schon zu viele Diätkuren hinter sich gebracht.

Gaasbock, sturer, starrköpfiger Kerl.

Gaawerlies, sabbernde, ältere Frau.

Gaddezwerch, zu kurz geratener Sohn seiner Mutter, Steigerung: *Vorgaddezwerch.*

Gäulsschinner, nicht gerade der Inbegriff eines Tierfreundes.

Gaggeigans, schwätzt alles nach wie der *Babbegaj.*

Gammler, gilt erstaunlicherweise immer noch als Schimpfwort, obwohl die meisten gerne faulenzen.

Gans, bleed doofe Exfreundin.

Ganter, Gelegenheitsdieb, aus dem jüd., im niederdeutschen Gänserich.

Garscht, bösartiger, verhärmter, hartherziger Mensch.

Gauner, betrügerisches Individuum.

Geizkraache, sparsamer Stammtischbruder, welcher keine Runde springen läßt.

Gelersch, ist die hessische Bezeichnung für Krempel und Gerümpel.

Gemietsathlet, hat ein Gemüt wie ein Fleischergaul und läßt sich durch nichts aus der Ruhe bringen.

Gesteck, freches und vorlautes Mädchen.

Gewerzel, *des klaane Gewerzel gibt scho widder kaa Ruh*, spaßhaft für eine Horde kleiner Kinder.

Gewerzelkopp, kleiner Strolch.

Gewitter, Fluchwort *Gewitter noch mal*, auch *Gewitteroos, -ziesch, -hex* für leicht in Rage kommende, schwierige Frau.

Gickel, verrobbter verwahrloster, ungepflegt aussehender Pimpf.

Gierschlund, kann seinen Hals nicht voll genug bekommen.

Giftnickel, gehässiger, Gift versprühender Mitbürger, in seiner engeren Verwandtschaft findet man die *Giftnudel*.

Gikgak, ausgesprochen und vor allem dummes Frauenzimmer.

Gipskopp, im Gegensatz zum *Hohlkopp* ist bei ihm das Vakuum mit Gips beseitigt worden.

Gischbel, sowas ähnliches wie ein Depp.

Giwik, schielende Person.

Glatzkopp, sein Heiligenschein spiegelt sich auf der polierten Platte wider.

Glotzaach, er weiß alles was los ist auf der Straße, neugierig hängt er am Fenster und glotzt stundenlang auf seine Mitmenschen herunter.

Gluck, breitet ihren Muttertrieb über jeden mit einem Ödipuskomplex aus.

Gnatz, widerspenstiger, knausriger Mensch.

Grallarsch, Unsymphat mit schiefen Beinen.

Grasaff, heutzutage eher ein Marihuanaraucher als ein vorlautes Mädchen.

Grindkopp, früher für Aussätzige, heute ist damit ein sturer Bock gemeint.

Grissel, unangenehmer Nachbar.

Großduher, diese Sorte der Angeber gibt es massenhaft, auch *Großkotz.*

Guller, schüchternes Kerlchen.

Guutzje, babbisch vor Dreck klebende, abgelutschte Type.

H

Haamlischduher, Geheimniskrämer.

Haasehern, für ein Karnickel sicher ausreichend, bei anderen wäre mehr besser.

Hackkletzje, blöder, grobschlächtiger Trampel, Frankfurter Bezeichnung für Nichtstädter.

Hätschelbiebche, Mamas Liebling, der zu lange am Rockzipfel hängen geblieben ist.

Hallodri, Schlingel, lebenslustiger kleiner Betrüger, dem keiner böse sein kann.

Halsabschneider, gibt's in verschiedenen Branchen, bringt seine Opfer bis zum Ruin.

Hambel, unter dem Pantoffel hervorlugender Ehemann.

Hammel, bleeder dummer Ziegenbock.

Handkässtemmer, Angeber, meist reichts aber nicht zu mehr. Diese Spezies findet man des öfteren in den hessischen Lokalitäten.

Hannebambel, Nixnutz, Kasper.

Hannes, Dummkopf, auch *Hannsjörch.*

Hansdabbes, Tolpatsch, auch *Hansworscht, Hanstaps, Hansnarr oder Hansel.*

Hassart, gehässiger Jemand, der blindlings, ohne Rücksichtnahme, auf sein Ziel losgeht.

Heckeschisser, Angsthase, versteckt sich am liebsten hinter den Hecken.

Heini, Abwertung dieses schönen Namens, als *bleeder oder doofer Heini.*

Hergelaafener, ungebetener Gast oder Nachbar, Zugereister.

Hersch, gehörnter wenn er merkt, daß in seinem Revier gewildert wird, wird er rabiat.

Heuhibber, der fröhliche Landmann.

Heulsuus, flennt sofort los wenn ihr was nicht paßt und dies ist oft der Fall.

Heuochs, der begriffsstutzige Landmann.

Hewweler, Zappelphilipp, ständiger Beruhigungspillenkonsument.

Hex, aal ältere Freundin von einem gewissen Hänsel und seiner Schwester Gretel.

Hibber, *der waaß nix, des is en ganz junge Hibber,* ist halt noch sehr unerfahren in gewissen Dingen.

Hinkel, daab begriffsstutziges Frauenzimmer.

Hinnedruffhänger, das berühmte fünfte Rad, unliebsames Anhängsel.

Hinnervotzich, hinterhältiges Wesen.

Hirni, in seinem Kopf herscht nicht die Klarheit welche wünschenswert wäre.

Hitzgickel, leicht erregbarer, jähzorniger Kampfhahn.

Hochmutspinsel, hält viel von sich und wenig von anderen, bei den anderen ist es allerdings umgedreht.

Hochseicher, noch so ein von sich eingenommener Angeber.

Hollerboller, hat's immer eilig und überholt sich laufend selbst.

Hoppdohle, weniger freundliche Bezeichnung für eine Ballettänzerin.

Hornochs, kurz ein ziemlich großer Blödmann.

Hoseschisser, hat die *Bux* voll, Angsthase, Feigling.

Huddel, zerlumpte, meist ältere Frau.

Huddler, *huddel doch net so*, mach nicht so einen Pfusch muß sich der Auszubildende von seinem Meister sagen lassen.

Hund, ein Schimpfwort wird es mit Zusätzen: *dreckiger -, fauler Hund*, annerkennend als *gerissener Hund*.

Hutch, Tagedieb.

Hutsimbel, voreinemherfahrender, den Verkehr aufhaltender Lenker eines Personenkraftwagens, welcher einen Hut trägt. Hier ist äußerste Vorsicht geboten!

Hutzelmännche, alter, kleiner, vom Leben gezeichneter Mann.

Hutsimbel

I

Idiot, eben der, Kommentar überflüssig.

Ilmedritsch, dussliger, täppischer Mensch.

Ische, aus dem jüd. Die Bezeichnung für eine schlampige Frau.

Ischelskopp, trägt seine Haare so kurz wie das Stacheltier seine Piekser.

Itzeblitz, geht beim geringsten Anlaß in die Luft, auch *Itzig.*

Iwwergescheiter, gelehrtes Haus, Neunmalkluger, alles besser Wissender.

Iwwerkandidelter, für die meisten schlicht und ergreifend nur bekloppt, sonst eingebildet und von sich selbst Überzeugter.

Iwwelnemmer, versteht keinen Spaß und nimmt alles übel.

Iwwerzwercher, überdrehter Umstandskrämer.

J

Jammerlabbe, ständig vor sich hin lamentierender Schwächling.

Jaunerkatz, Schreihals.

Judas, Verräter, verlogene Person, Herkunft dieses Namens dürfte ausreichend bekannt sein.

Juggeler, juggelt solange auf etwas herum bis es hinüber ist. *Juggeln* ist auch sehr treffend für die aktive Ausführung des Geschlechtsverkehrs.

Jungspund, unerfahrener, noch grün hinter den Ohren gebliebener, Nachwuchs.

K

Kaffeeschnuddelern, Tratschtante zum einen oder in des Wortes eigentlicher Bedeutung: zu blöd zum Trinken, sie verschüttet alles.

Kaffer, ein vom *Kaff* (Ort) Stammender.

Kamel, wieder eins der beliebten Tiere, welches mit Zusätzen mehr oder weniger Wertschätzung ausdrückt.

Kamillebeudel, einfältige Natur.

Kamuffel, Steigerungsform vom Hausmuffel.

Kanacke, abfällige, meist von Dummbeuteln verwendete, Bezeichnung für Ausländer.

Kanallje, aus dem frz., durchtriebene Frau.

Kanuff, hinterlistiger, heimtückischer Patron, auch für einen kleinen Gauner.

Kapp, Kopfbedeckung, *neewer de Kapp,* vollkommen durcheinander, hat den Überblick verloren. Die *Nachtkapp* weiß überhaupt nicht mehr was vorgeht.

Kasper, er macht sich, manchmal auch freiwillig, zum Gespött der Leute, nicht unbedingt zu verwechseln mit dem Kasperle aus dem Puppentheater, wo intelligent alle Gefahren gemeistert werden.

Kennelbrunsern, hochaufgeschossenes, langbeiniges Mädchen.

Kerchemaus, *der is so arm wie e Kerchemaus,* also nicht gerade mit Reichtümern gesegnet.

Kerl, äbscher eigenartiger, versnobter Kerl.

Kerschel, Kindern wohlbekanntes Wort, wenn die zornige Mutter ins Kinderzimmer stürmt: *Räum den Kerschel uff oder ich schmeiß alles fort.*

Kerschelbauer, Landwirt, dessen Hof nicht einer der saubersten ist und wo überall der *Kerschel* rumfliegt oder einfach ein Angestellter der Müllabfuhr.

Kindskopp, wird nicht erwachsen und hat nur Unfug und Streiche im Kopf.

Klaakrämer, Penibler, auf Kleinigkeiten Versessener.

Klammerbeudel, *den ham se wohl mit em Klammerbeudel gepudert un dadebei is er vom Wickeldisch gedotzt,* also ein Hessisches Babypflegegerät.

Klapperschlang, Sekretärin, Stenotypistin.

Klatschmaul, *hasde schon geheert* ist ihr Lieblingsausspruch.

Klawatsch, *noch e Schwätzern.*

Klebscheib, anhänglicher Freund, den sie nicht mehr los wird.

Kleeskopp, der Vergleich mit den Klößen soll die »weiche Birne« des so titulierten in den Vordergrund stellen.

Klobber, gewalttätiger Schläger, im Sport: brutaler Spieler, Treter.

Klopper, Lügner, *der kloppt nur Sprüch un Lüsche.*

Klotz, grober ein ungehobelter Kerl, *e Hackkletzje* ist für den Städter der fröhliche Landmann, schön ist auch *Klotzaach, Klotzkopp.*

Klowe, schwerfälliger, plumper *Dabbes.*

Klugschisser, seine Intelligenz entweicht immer nur durch den Hinterausgang.

Knackarsch, nicht unbedingt ein Schimpfwort, mehr lobend für pralle Hinterteile beiderlei Geschlechts.

Knacki, Insasse einer bestimmten vom Staat unterhaltenen Einrichtung, die mit ihrer umfassenden Vollpension sehr vereinnahmend ist.

Knäulkopp, Dickschädel.

Knallaach, wenig würdevolle Zierde eines »Losers« nach einer Auseinandersetzung.

Knallkopp, einer aus der nicht seltenen Art der Deppen.

Knalltüt, noch so eine depperte Figur.

Knastine, weiblicher *Knacki.*

Knicker, Knickern, geizige Zeitgenosssen, schöne Steigerung ist der *Läusknicker.*

Knilch, Knülch, unliebsamer, zu kurz geratener Kleinling.

Knoblauchfresser, gesund lebende Knobifans.

Knochegerist, aal dürrer Mensch auf dessen Rippen man Klavier spielen kann.

Knodderbicks, ständig maulender Ehepartner, welcher mit nichts zufrieden zu stellen ist.

Knodderer, wie vor, nur männlich, hervorragend dargestellt von »Hessens David Bowie« Heinz Schenk *(Erbame, die Hesse komme).*

Knorrnkopp, sturer Zwockel.

Knorzer, beim Kicken ein *Bolzer,* sonst ein Dickschädel.

Kordeldepp, läßt sich leicht einwickeln und was erzählen, sehr beeinflußbar.

Knochegerist

Korrinthekacker, *pfui hätt die Oma gesacht*, dabei nur ein pedantischer Mensch.

Kotzbrocke, sein Anblick genügt um die zu sich genommene Speise schlagartig wieder in Erscheinung treten zu lassen.

Kräckser, er hat ständig was zu jammern.

Krädscher, noch ein ständig Nörgelnder und Schimpfender.

Krätzbock, Leut' gibt's, auch so eine ätzende Type.

Krakeeler, lauter, polternder Hausbewohner, der besonders nachts zu hören ist.

Krauterer, er hat es schwer, es wird alles versucht und nichts gelingt.

Krawaller, Streithammel, der nur für Unruhe sorgt.

Krawallschachtel, weibliches Gegenstück zum *Krawaller.*

Kratzberscht, unangenehme Person die *Haarn uff de Zähn* hat.

Kribbel, widerborstiger, sturer Bock.

Krimmelkacker, hängt sich an Kleinigkeiten auf und nervt seine Umwelt mit Pedanterie, auch *Krimmelsucher.*

Krippebisser, schlingt wie an der Futterkrippe.

Krischer, *stell den Krischer ab*, weinendes Kind, Schreihals.

Krott, klaa kleines Mädchen.

Krotze, klaaner kleiner Junge.

Krummbuckel, krumm gehender, älterer Mensch.

Kuh, beliebt als *dumme*, *bleede* etc.

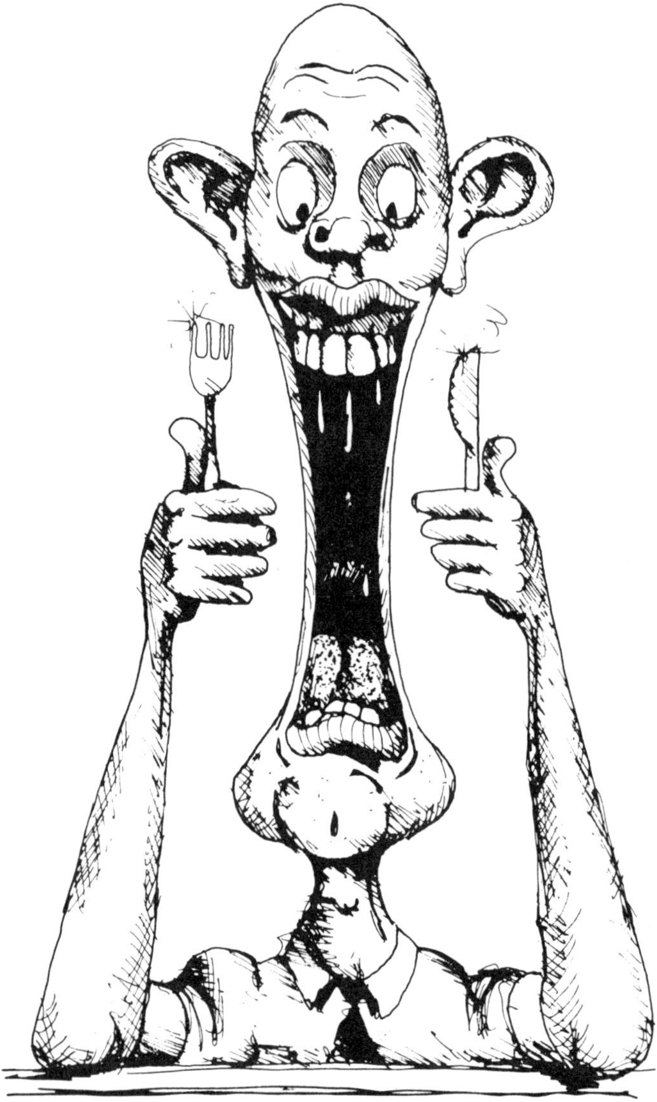

Langmaul

L

Laafarsch, unruhiges Kind.

Labbeduddel, strotzt nicht gerade vor Intelligenz aber sein Vorteil ist: ihm ist es egal.

Labbes, lappriger, nicht zu fassender Schmierling.

Lachhannes, wenn er lacht macht er sich lächerlich.

Lackaff, herausgeputzter Angeber.

Lästermaul, frönt der üblen Nachrede und zieht gerne über andere her.

Läushutch, Taugenichts, Tagedieb.

Läusknicker, geiziger, äußerst sparsamer Geldsammler.

Läuszippel, Lausejunge.

Lahmarsch, träge Figur.

Lahmsieder, tut alles mit Bedacht, wobei seine Trägheit rekordverdächtig ist.

Lallbacke, schwätzt viel, meist aber nur Blech.

Lammedierer, *en hesissche Hypochonder.*

Langmaul, giert ständig nach was zum Futtern, *in seim lange Maul läufts Wasser zusamme, wenns Esse uffn Tisch kimmt.*

Langweil, langweilige, nichtssagende Person.

Laumann, mit Vorsicht zu genießende, eigenartige Erscheinung.

Lapparsch, schlaffer Typ.

Leisetreter, sehr introvertierter, unauffälliger Mensch.

Leusert, frecher Bengel.

Leutuzer, *uzen* (aufziehen, ärgern) ist eine beliebte Freizeitbeschäftigung in diesem, unserem Hessenlande.

Lewwerwerschtsche, sofern nicht wieder mal beleidigt, sehr schmackhaft.

Liechebeudel, nicht gerade ein Wahrheitsfanatiker, auch *Liechemaul*.

Loch, versoffe schüttet in sich rein was die Kneipe hergibt.

Lude, nicht mehr häufig gebrauchtes Wort für Zuhälter.

Luder, kein weiblicher Zuhälter, sondern ein durchtriebenes Frauchen.

Lümmel, frecher vorwitziger Kerl, auf den man verzichten kann, wobei hingegen eine *Lümmeltüte* (Präservativ) in diesen aidsenden Zeiten sehr schützend sein dürfte.

Luftikus, ein Hans guck in die Luft.

Lui, früher häufig gebrauchte Variante für einen Zuhälter.

Lulatsch, groß geratener Mann bis 2 Meter Aufbauhöhe, danach wird er zum *Riesenlulatsch*.

Lumbes, ein *Lumbesammler* hebt jeden Dreck auf, Aufstieg zum *Lumbesäckel* ist möglich, das *Lumbevolk* sind Bettler, der *Lumbemensch* trägt kaputte Klamotten.

Lusch, faules und liederliches Weib, Herumtreiberin.

Lusche, eine Niete.

M

Maabengel, Maakuh, man trägt es mit einem gewissem Stolz, den es heißt nichts anderes als: Wir sind echte Frankfurter!

Macker, kann Freund oder Mann bedeuten, auch Zuhälter, aus dem jüd. vermackern für verprügeln.

Madamm, eingebildete, herausgeputzte, vornehme Schachtel.

Mammakindche, bei jedem Problem rennt die Petze zur Mamma.

Massick, ungehobelter, gefährlicher Kerl, jüd. Massek für Schädling.

Mattekopp, einfältiger Mann, *Quarkkopp*. Matte ist eine andere Bezeichnung für Quark.

Matzelaach, abends streut das Sandmännchen und morgends hat man den Matzel im Auge.

Maul, *die hat awwer e bees Maul*, muß sie sich bei übler Nachrede gefallen lassen.

Maulaff, *halt kaa Maulaffe feil und helf mer*, also jemand der lieber andere arbeiten läßt.

Mickefenger, Torwart, der eher eine Mücke fängt als den Ball.

Mickeschiß, kleiner Fleck, oder *de Kerl is wie en Mickeschiß*, also klein und unscheinbar.

Miesepeter, auch Miesmacher, Griesgram der einem alles verleidet.

Milchbart, des Mannes erster zarter Gesichtsflaum, auch Eisenbahnerbart genannt: alle Station ein Haar. Für unerfahrenen Jüngling.

Mist, diesen Abwertungsbegriff für die menschliche oder tierische Hinterlassenschaft gibt es mit vielen Ergänzungen zum Beispiel die *Mistbiene*, den *Mistkäfer*, einen *Mistkerl*, das *Miststick* oder das *Mistvieh*.

Mondnarr, strebt seinen utopischen Illusionen nach.

Mottekopp, dem Träger dieses Kopftypes haben die Motten schon so zugesetzt, das durch die Löcher die Reste des Gehirns erkennbar sind.

Motzkopp, Mauler.

Muck, Mugg, dicke, schlampige Frau.

Muffel, aaler eingeschnappter Patron, dem es den Tag verdorben hat und der sich nach Kräften bemüht dies auch bei anderen zu erreichen.

Muffkopp, der Autor wenn die Eintracht verloren hat.

Naschkatz

N

Nachteul, Nachtmensch der erst des Nachts munter wird und dann ausfliegt.

Nachtbetzel, wird wie die Nachteule in der Dunkelheit aktiv.

Nachtkapp, bei ihm ist es egal ob es hell oder dunkel ist, er begreift eh nichts.

Nachtwächter, *heert ihr Leit und laßt euch sache, ich hab de ganze Daach verschlaafe.*

Narr, Spaßmacher.

Naschkatz, Zahnarzt' Liebling. Erster Anwärter auf wertvolle Kronen und Brücken.

Nassauer, Schnorrer, Spezialist im Erschleichen kostenfreier Gaben.

Nawwelficker, ein nur mit sich selbst beschäftigter, introvertierter Mensch.

Neidhammel, gönnt sich alles und den anderen überhaupt nichts.

Nervesäg, ist stets bemüht seinen Kollegen den Tag durch seine Gegenwart zu vermießen.

Neujahr, dabbisch ist noch so unerfahren und ungeschickt wie die neuen 365 Tage.

Nieselpriem, man findet ihn im Regen stehen und schmatzend priemen. Nichtssagende Gestalt auf deren Gegenwart man wirklich getrost verzichten sollte.

Niete, eine klare Null.

P

Pack, nicht gern gesehenes Volk welches mit Herumlungern ausgelastet ist.

Panneflicker, früherer Berufsstand, der mit kleinen Reparaturen und großen Rechnungen sein Aussterben beschleunigte.

Panscher, übler Vertreter des ehrenwerten Berufsstandes der Winzer. Neudeutsch auch *Glykoler.* Beim *Stöffche* verfälschen hört der Spaß dann allerdings vollends auf.

Pantoffelheld, hier nennen wir Namen: Peter K. aus M. und Anton aus K.

Peifekopp, Schiedsrichter.

Penner, Land- oder Stadtstreicher.

Petze, *die alde Petze verrät widder alles.*

Pfaffe, abschätzig für einen »Hochwürden«.

Pfingstochs, prächtig herausgeputzter Ahnungsloser, der wie sein Namensgeber beim ersten Auftrieb im Jahr zu spät kommt.

Pfuscher, wenn einem beim Rülpsen, Verzeihung beim Aufstoßen die Plomben rausfallen: der Zahnarzt.

Pharisäer, scheinheiliger Mensch.

Pidschedabber, Fettnapfsucher.

Piffikus, Schlauberger.

Pilledreher, Apotheker.

Pissdibbe, *Pisser, Pißnelke,* alle drei keine großen Bedürfnisstiller.

Pinkel, feiner, vornehmer Lebemann.

Plattebutzer, frißt so lange bis die Platten alle vollkommen leer sind.

Plattkopp, *Glatzi*, dessen Haare sich in alle Winde zerstreut haben.

Plotzer, vernichtet Zigaretten durch dauerhaftes Inhalieren.

Portion, halb nicht für voll zunehmender Halbling.

Q

Quadratarsch, viereckiger Querhintern, der sich wie üblich breitgemacht hat.

Quadratsimbel, stellt nach jeder Richtung gleich großen Unfug an.

Quängler, meist der maulende Nachwuchs, der so lange nervt, bis er zum Ziel kommt.

Quatscher, Quatschkopp, Quatschmaul, die drei zusammen beim Skat und man verläßt fluchtartig das Etablissement.

Quadutter, klaaner Wichtigtuer.

Quasselstrippe, nicht unbedingt die Liesel von der Post, aber doch eine Dauertelefonbelegerin.

Querarsch, stark verwandt mit dem *Querkopp* und dem *Querdreiwer*, sitzt meist unmotiviert im Weg rum.

R

Raadschern, Vielschwätzerin.

Rabbler, *Schlisselrabbler* sind Leute, die durch Schlüsselrappeln Geld in der Hosentasche vortäuschen.

Racker, *des is en beese Racker*, größere Kinder, die schon mehr als nur Blödsinn im Kopf haben.

Radfahrer, Trittbrettfahrer, laufender Nachahmer.

Rätscher, leidenschaftlicher Kartenspieler.

Rasselbock, *hinner dem seim Gerassel steckt nix Gescheides.*

Ratte, eines der am häufigsten verwendeten Tierchen, *elende Ratte* ist die Auszeichnung für die wirklich mit Abstand fieseste Figur.

Rauhbautz, grobschlächtiger Kerl ohne Benehmen.

Rawwatz, lauter Krawallbruder.

Reff, unansehnliche, wenig attraktive Frau.

Reibeisse, unzugänglicher Mensch an dem man sich aufreibt.

Rieb, Rübe.

Rindviech, Universalschimpfwort.

Riwwelkuche, Streuselkuchen, eine mit Pickeln im Gesicht Gesegnete.

Rockzippelaahänger, kann sich nicht von seiner Mutter trennen.

Rotz, aus der Nase austretendes Sekret, herrliche Variationsmöglichkeiten: *Rotznas, Rotzleffel, Rotzbub, Rotzkoffer.*

Saafemaul

S

Saafemaul, zu deutsch: Seifenmund. Es schäumt zwar viel, steckt aber nichts dahinter.

Saafesieder, törichter Mensch.

Saaldänzern, bewegt sich auf einem schmalen Grat (Seil), was die Männer angeht und versucht ihnen den Kopf zu verdrehen.

Saaschbock, ungehöriger Mensch der einfach in fremde Ecken pinkelt, auch *Saascher.*

Sabbermaul, links und rechts läufts ihm runter wenn er das Glas in flottem Zuge leert.

Sack, *Dich steck ich in de Sack un bind en zu*! Beliebtes Drohmittel um ein Kind zu bändigen. Universell einsetzbar: *Sackgesicht, Drecksack, Schlaffsack*. Ein *Säckel* ist ein armer Kerl der im Hosensäckel keine müde Münze hat.

Säftel, Vitamin C Verehrer.

Saladschneck, Müslimädchen.

Sarchnachel, ständig nervende Person die einem fast bis zum Exitus auf die Nerven geht, auch für Zigarette anwendbar.

Sau, *Säubalch, Säubehle, Säubub, Säuichel, Säukopp, Säunickel, Sauhammel, Säunawwel, Säuwatz, Säuruwwel*, Sie sehen, man kann eine ganz schöne Sauerei machen.

Sauerdibbe, seine Laune ist richtungweisend.

Saufeul, *Sauflappes, Saufmaus, Saufoos*, alle nach dem Motto: *Hopp, hopp, hopp die Schoppe in de Kopp.*

Saulips, schmutziger, ungewaschener Kerl.

Schaaf, meist gebraucht als *blödes Schaaf* oder *Schaafskopp.*

Schachtel, aal betagte Dame, die sich der Vergreisung nähert.

Schäker, Mägdeleinbetörer, hebr. siklar für täuschen.

Schambedaasch, Verballhornung vom frz. Jean Potage, Hanswurst.

Schambes, macht gerne den Affen für alle.

Scharwenzeler, er beglückt die Damen durch ständiges um sie Herumscharwenzeln mit seiner Gegenwart.

Schandmaul, *de Lauscher an de Wand, heert nur die eiche Schand.*

Schadull, alte Jungfer.

Scheernschlaafer, ziemlich selten gewordener Beruf, heute für Herumtreiber benutzt.

Scheckel, jiddisch für alte Jungfer.

Schees, aal altes Auto, frz. chaise (Stuhl), früher meinte man damit eine heruntergekommene Kutsche.

Scheißkerl, der bedarf absolut keiner Erklärung.

Schell, daab schwerhörige Person.

Scherzejäscher, seine Trophäen entwendet er den Damen aus der Küche.

Scheusal, ekliges Monster.

Schickse, jüd. sikso für Christenmädchen, auch Dienstmädchen, falls heute noch gebräuchlich für ein hochnäsiges Mädchen.

Schiffschaukelbremser, früher ein ehrenwerter Beruf. Wenn er von dem Ding gerammt wurde blieb ein Dachschaden nicht aus.

Schlabbekicker

Schinnoos, *schinnen* oder *schenne* ist schimpfen in Vollendung, also jemand der permanent meckert und nörgelt.

Schläächtbabbeler, er macht den Mund auf und es kommt nur dummes Zeug raus.

Schlabbekicker, Gäste im Stadion.

Schlafbetzel, um ihn wach zu bekommen muß man ein mittleres Feuerwerk abbrennen.

Schlaffi, ist zu nichts zu bewegen.

Schlafhaub, Penner, dessen höchstes Erlebnis die Träume sind, auch *Schlafratz.*

Schlamp, Schlamper, unordentliches Volk, denen jedes »Aufräumen!« ein Greul ist.

Schlappes, nachlässiger Tolpatsch, auch *Schlappgusch, Schlappmaul, Schlappschnut*, führt große Reden ohne Sinn und Verstand.

Schlappschwanz, halt nach getaner Arbeit im Dienstzimmer. Möglich auch *Schlappsack.*

Schlawiner, durchtriebener Geselle, dem so leicht nichts anbrennt.

Schleimer, man erkennt ihn leicht an der Spur, die er hinter sich läßt.

Schleimscheißer, wie vor, jedoch mit noch stärkerer Hinterlassenschaft.

Schlippche, leichtlebiger und leichtsinniger junger Mann.

Schlitzohr, sehr gewieft, läßt sich nicht aus der Ruhe bringen.

Schluckspecht, im Sommer in Gartenwirtschaften unter Bäumen zu finden.

Schluri, die Vorsilbe »un« kennzeichnet sein Tun. Ungenau, unehrlich, unordentlich unsoweiter.

Schmaaßmick, entfernt verwandt mit der Scheißhausfliege, aber genauso lästig.

Schmachtlappe, heimlicher Verehrer, der seiner Angebeteten seine schüchterne Liebe nicht eingestehen kann.

Schmaguckes, Spaßmacher.

Schmierfink, der Rezensent der diesem Schimpfwörterbuch eine schlechte Kritik zuteil werden läßt. Allerdings sehr unwahrscheinlich.

Schmierhammel, ungewaschener Dreckspatz.

Schmonzes, *Red net so en Schmonzes*, aus dem jüd. für dummes Gerede.

Schmuer, Betrüger.

Schmus, leeres Gerede.

Schnapsdrossel, kommt nicht nur am Unterberg vor, sondern auch am Chantrésen.

Schnarchsack, ist in hessischen Schlafzimmern selten zu finden.

Schneck, wenig freundlich für langsam voranfahrende weibliche Wesen die einen Schwanz (Autos natürlich) hinter sich herziehen. Mehr liebevoll wird der Begriff auch für das Geschlechtsteil verwendet. Die logische Folge: Der *Schneckedoktor* ist ein Frauenarzt und die *Schneckebärbel* die Sprechstundenhilfe.

Schnedderedett, *Halt doch dei Schnedderedett!*, ruft man der Nachbarin mit nicht stillstehendem Schnabel zu.

Schneubern, wählerische Frau, die nur mit dem Besten zufrieden ist.

Schnepf, ist noch dazu eingebildet, wenn sie einem Romeo widersteht.

Schnorrer, kommt gut ohne Geld aus da er sich alles zusammenborgt. Meist vergessen diese Typen das Wiedergeben.

Schnuddelern, *schnuddelt* (schnüffelt) in allem herum.

Schnüffler, diese Sorte gibt es unter den Arbeitskollegen, kein Schreibtisch ist vor ihnen sicher.

Schnuffelmuck, hochziehende Töne entstehen in seinem Riechkolben.

Schnutedunker, spricht oft und viel dem Alkohol zu.

Schrappnell, sehr verächtlich für eine mißgestaltete oder häßliche Frau.

Schobbepetzer, keine Schleichwerbung fürs *Stöffche* bitte!

Schoude, Narr, aus dem hebr.

Schraubedampfer, aufgetakelte Fregatte.

Schuft, *de Schuft hat se mit de siebe Kinner un em Dackel sitze lasse.*

Schussel, unglücklich agierender Mensch, dem nichts gelingt.

Schwachkopf, sein IQ läßt die Skala nicht unbedingt platzen.

Schwätzer, nicht zu bremsendes Plappermaul, welches alles besser weiß.

Schwein, Ebers Frau. Es gibt *Hausschweine, Wildschweine, Pottschweine*, kleine, große, dumme oder blöde und natürlich das *Glücksschwein*.

Spanner

Schwolleschee, frz. chevalier leger, sowas wie ein Playboy.

Schwuchtel, hält in intimer Hinsicht mehr vom eigenen Geschlecht.

Sesselforzer, bei seinen Tönen ziehen sich die Federn zusammen. Stubenhocker.

Sießholzraspler, Schöntuer, der immer nach dem Mund redet.

Sießmaul, Naschkatze.

Simbel, Simbelskopp, macht so ziemlich alles falsch was er anfaßt.

Sitte, vertikale Beamte die sich mit horizontalen Damen beschäftigen.

Siwwesortefleschel, ist der Ruf erst ruiniert, lebt's sich gänzlich ungeniert. Wo er auftaucht gibt es Krawall.

Softi, ist mittlerweile bei den Damen genauso beliebt wie die Machos.

Solwerschnut, *Sülzkopp.*

Spanner, sitzt verträumt hinter seiner Gardine und beobachtet mit seinem Fernglas die natürlichen Umtriebe im gegenüberliegenden Schlafzimmer.

Sparbreedche, sparsamer Getreideverwerter.

Speckbuckel, auch als *Krummbuckel* oder *Schwammbuckel* ganz nett.

Speebrenner, er verbrennt auch noch die kleinsten Holzspäne, unangenehmer Geizkragen.

Spiechelaff, seine Schönheit muß er sich immer vor Augen halten.

Spinatwachtel, ihr fehlt einfach der gewisse Blupp.

Spindisierer, grüblerische Person, der seinen abstrusen Gedankengängen nachhängt.

Spinner, der ist irre.

Spirwes, paßt für Jeden bei jeder Gelegenheit.

Spitzklicker, legt es stets darauf an seine Mitmenschen zu betrügen.

Sprichklobber, ein *Lallbacke* wie er im Buch steht.

Staasetzer, von ihm ist nichts zu erfahren, sehr verschwiegener Mann.

Stänkerer, es gibt ihn oft und viel, sein Vorname ist Unfried.

Stenz, Flaneur, geckenhaftes Wesen.

Stiffelwichser, oft in Begleitung des Speichelleckers anzutreffen.

Stinker, Stinkstiwwel, ein armer Kerl, wo er auch auftaucht, niemand kann ihn riechen.

Stockfisch, wortkarg und verstockt.

Stoffel, ungehobelt und roh ist sein Auftreten. Er sitzt und läßt seine 90jährige Mama stehen.

Stolzforz, eitler Fatzke.

Stoppe, Stoppelhoppser, wird oft übersehen.

Strickdeiwel, glühende Nadeln sind ihr höchstes Glück.

Strohkopp, gut gefüllt mit bäuerlichem Erzeugnis geht nichts anderes mehr rein.

Stromer, seine Vorliebe gilt den großen Flüssen der Erde, an denen er entlangzieht. Ein Vagabund.

Strunzer, Herumtreiber, Vagabund.

Stuß, albernes Gerede, jüd. für Dummheit, Torheit, närrische Dinge.

Sturkopp, dickschädeliger und bornierter Kerl.

Stuwwehocker, der Zimmersitzer, Miesepeter der auch bei schönstem Wetter lieber von seiner Ecke aus die Wand beguckt. Bei dem Dreck in der Luft allerdings fast schon wieder verständlich.

Suppekasper, Maggister.

T

Tass, trüb langweiliger Patron mit dem nichts anzufangen ist.

Traatsch, Traatschtante die mit Vorliebe Schlechtes über andere redet.

Trambeldier, sowas wie der Elefant im Porzellanladen.

Tranfunzel, pfeilschnelle Zugverbindung im Frankfurter Berufsverkehr.

Trauerkloß, Mittagessen des Bestattungsunternehmers.

Trottel, blöd geboren und noch die Hälfte davon vergessen.

Trottwarschneck, Gunstgewerblerin, die unter der Laterne auf Kundensuche geht.

Trutschel, wir haben keine Ahnung, vielleicht eine Schwätzern.

Typ, mit diversen Zusätzen wie blöder oder fieser ab und zu treffend.

U

Ubbedadd, alter, greisenhafter Mann.

Uffschneider, Aufschneider und kein Metzgergehilfe.

Unflat, manierenloser Zeitgenosse, der mit unflätigen Bemerkungen nicht gerade zur guten Stimmung beiträgt.

Unk, aal Wahrsagerin, für die nur das Schlimmste gut genug ist.

Unnersichgucker, verschüchterter Knabe.

Urumbel, will mit dem Kopf durch die Wand, unkultivierter Tollpatsch.

Uschka, blöde Frau.

Utschebebbes, ein klebriges, undefinierbares Etwas. Könnte ein Karamelknöllchen sein. Zumindest auf eine Person bezogen, eine windige Erscheinung.

Uzer, muß immer jemand aufziehen und seine Späße machen, aus dem polnisch/jüd, ucieche für Belustigung.

Verbabbter

V

Veräppeler, du willst mich wohl *veräppele*, sprich auf den Arm nehmen.

Verbabbter, ein ewig Gestriger, hängt an veralteten Traditionen und Ansichten.

Verrecker, Schlitzdreher, der um's Verrecken nicht in die Mutter will. Pfui, nicht was Sie denken. Ein Schlitzdreher ist eine Schraube.

Vettel, Wohlbeleibter, dem Essen sehr Zusprechender oder schlicht ein Fettsack.

Vielfraß, leicht am rollenden Gang zu erkennen.

Vochelscheuch, sie wird wohl bei der Wahl zur Miß Hessen einen der hinteren Plätze belegen.

Volleul, gar nicht so seltene Gattung, meist findet man sie nachts, Straßenlaternen umklammernd in der Nähe von Kneipen, über die ganze Welt verbreitet.

Vollidiot, Volltrottel, Steigerungsformen, hier geht gar nichts mehr rein.

W

Wackelarsch, abfällige Berufsbezeichnung für Fotomodelle, oder für ein weibliches Wesen mit unruhigem Gang, bei dem die Männer sichtlich nervös werden.

Wäwwerarsch, nervöser Mensch, der nicht stillsitzen kann, gilt auch für unruhige Kinder.

Wambold, dicker, fauler Kerl.

Waschlabbe, Feigling, profilloses Individuum.

Wasserkopp, außer dem köstlichen Naß findet in seinem Schädel nichts Platz, auch verwendbar für überflüssige oder zu groß geratene Abteilungen in Betrieben oder Ämtern.

Watz, dickleibiger Mensch.

Wermsche, *sitzts Wermsche mim Schärmsche unnerm Ärmsche uff em Tärmsche unsoweider.*

Wichser, der Selbstbefriedigung Zugeneigter.

Wichtigduher, sich in den Vordergrund Stellender und dann Aufblasender.

Wildfang, nicht zu bremsende Kids, die mit Skateboards Passanten als Slalomstangen mißbrauchen.

Windbeudel, unzuverlässiger Mensch.

Witzfigur, sein Auftreten führt zu Heiterkeitsausbrüchen.

Worschtathlet, Fleischermeister.

Worschtfettkopp, entweder findet man ihn mit ungewaschenen Haaren oder mit zuviel Pomade in denselben.

Worzelberscht, hessisches Kosmetikgerät, dient zum Entfernen der Haare auf den Zähnen. Trifft auch für eine schwierige und rechthaberische, sture Person zu.

Wuchtbrumme, ist genauso breit wie hoch.

Wullewambes, ist genauso hoch wie breit.

Wullewatz, noch was gut Gebautes. *Wul* gebrauchte man früher für einen wirklich bösen Menschen.

Wusel, umtriebiges, alle nervös machendes Kerlchen.

Wutz, schmutziges Schweinchen welches ferkelige Witze erzählt, auch *Wutzepeter, Wutzebär, Wutzebub.*

Yeti

X

Xylophot, ist vollkommen frei erfunden und hat mit Hessen nicht das geringste zu tun, aber wir haben etwas unter X stehen, das schimpfwortmäßig klingt. Sollten Sie es anwenden, berichten Sie uns bitte über den Erfolg.

Y

Yeti, zerrupfter anwendbar für diejenigen auf die alle anderen Schimpfwörter dieses monumentalen Nachschlagewerkes nicht zutreffen.

Z

Zankdeiwel, geht keinem Ärger aus dem Weg.

Zankdippe, zänkisches Weib, lautmalerische Anspielung auf Xanthippe, die streitbare Gattin des Sokrates (dies war der kulturelle Teil des Buches).

Zappelphilipp, nicht stillsitzendes Kind, wer mehr über ihn erfahren möchte kann bei Heinrich Hoffmann's *‚Struwwelpeter'* nachlesen.

Zehbach, zäher, nicht leicht zu überwindender Kerl, sowas wie ein Türsteher in Discos.

Zicke, Zimtzicke, schnell eingeschnapptes Frauenzimmer.

Zimberlies, nicht sehr mutige, zimperliche Frau.

Zitterarsch, dem geht der Arsch auf Grundeis.

Zores, Gesindel, heruntergekommene Gesellschaft, auch verwendet für lautstarkes Durcheinander.

Zorngickel, ein schnell im Gesicht rot werdender, jähzorniger Prolet.

Zottelbock, ungepflegter Artgenosse.

Zottelfranzekopp, Person ohne akkuraten Haarschnitt.

Zuggerschnutt, auf Süßigkeiten versessen oder schlicht zum Knutschen.

Zumbel, ist eigentlich nur sehr unordentlich.

Zussel, Zusselskopp, Frau mit zerzaustem Haar.

Zwiwwelschlott, klaa lebhaftes, kleines Mädchen, welches manchmal auch bissig werden kann.

Zwoggel, steht für einen gerissenen, kleinen Kerl.

Zwende, letztes Wort des Buches, wir danken für die Aufmerksamkeit.

Verlag
Michaela
Naumann

Dr. Maria Vogel
Max und Moritz
in Frankfurter Mundart
40 Seiten, gebunden, alle Abbildungen, 11,80 DM
auch als Cassette (MC), gesprochen von Dr. Maria Vogel,
ca. 25 Minuten Spielzeit, 11,80 DM

Plisch und Plum
in hessischer Mundart
64 Seiten, gebunden, alle Abbildungen, 16,80 DM

Mundartgedichte von

Kurt Bambach
Zum Hersch
Hessisches Gebabbel
64 Seiten, Br., 7 Zeichnungen, 12,80 DM

und

Ria Wagner-Müller
Herzlichst
80 Seiten, Br., 5 Zeichnungen, 14,00 DM

... un fand viel Freud
80 Seiten, Br., 6 Zeichnungen, 11,80 DM

Es is mer grad so eigefalle
80 Seiten, Br., 3 Zeichnungen, 14,80 DM

Ich wollt so gern Poet mal werrn
80 Seiten, Br., 3 Zeichnungen, 10,80 DM

Mudder werd flügge
Ein Volksstück in hessischer Mundart
40 Seiten, Br., 9 Zeichnungen, 11,80 DM